이행자 시집

아름다운 인연

이행자

1942년 서울에서 태어났으며, 1990년 제3회 '전태일 문학상'을 수상했다.
시집 『들꽃 향기 같은 사람들』(1991), 『그대 핏줄 속 산불이 시로 빛날 때』(1999),
『은빛 인연』(2004), 『11월』(2011)과
산문집 『흐르는 물만 보면 빨래를 하고 싶은 여자』(1994),
『시보다 아름다운 사람들』(1999), 『아, 사람아!』(2006)
시화집 강민·이행자 『꽃 파도 세월』(2006), 시선집 『파랑새』(2008)를 펴냈다.

이행자 시집
아름다운 인연

초판1쇄 발행일 2018년 10월 31일

지은이 이행자
펴낸이 이원중

펴낸곳 지성사 출판등록일 1993년 12월 9일 등록번호 제10-916호
주소 (03458) 서울시 은평구 진흥로 68(녹번동) 정안빌딩 2층(북측)
전화 (02) 335-5494 팩스 (02) 335-5496
홈페이지 지성사.한국 | www.jisungsa.co.kr 이메일 jisungsa@hanmail.net

ISBN 978-89-7889-405-0 (03810)

잘못된 책은 바꾸어 드립니다. 책값은 뒤표지에 있습니다.

이 도서의 국립중앙도서관 출판예정도서목록(CIP)은 서지정보유통지원시스템 홈페이지
(http://seoji.nl.go.kr)와 국가자료공동목록시스템(http://www.nl.go.kr/kolisnet)에서
이용하실 수 있습니다. (CIP제어번호: CIP2018034175)

이행자 시집

아름다운 인연

지성사

차
례

1부

•

2부

•

3부

•

4부

•

1부

인연

마치 천둥치듯
그대 오신 지 십 년입니다
그 떨림!

참담하고 황량했던 그 봄
울며불며 영안실을 헤맬 때
당신의 지극한 사랑 없이
어떻게 버틸 수 있었을까요.

그대
그리운 이여!
노을에 더욱 눈부신 억새처럼
당신은 늘 그렇게
내게 눈부십니다.

고정희 시인을 기리며

절절한 굿 가락 속에
우리 민족의 아픔을
씻김하던 그대여!
섬세하면서도 힘 있는 시로
살 만한 세상
앞당기려던 그대여!
젊은 넋들
몸을 던져 역사를 여는
함성 속의 이 땅을 두고
어찌 그렇게
떠날 수 있었는지요?
당신의 시구詩句처럼
산이 좋아 이승의 서러움 지고
산을 오르는데
사랑하던 어머니산
'지리'가 부르던가요?
어둠의 한 끝에서

비명도 없이 떠난
그대를 위해
해마다 그대 무덤가에
뮛제비꽃 필 때
'해남'을 향해
길 떠나리다.

무등산 시인 전사 문병란

남도 땅 빛고을
무등산 자락에서
저 미치게 푸른 하늘
머리에 이고
이 땅의 무지렁이들과
고향을 지키며 살고 있는
우리들의 시인 문병란
온몸으로 쓰는 그의 시는
빛고을의 살아 숨 쉬는 역사

이 땅의 고상한 시인들이
난초를 기르고
수석이나 만지며
우아한 예술세계에 빠져 있을 때
그는
망월동에 참배하고
광주의 겨울을 통곡합니다.

마음속에 이미 와 있는 통일

_장기려 선생님께

삼 년 전에야 비로소 미국에 있는
조카의 확인 통해
아내와 아이들이 살아 있다는
소식을 전해 들으시고
수많은 밤을 하얗게 지새우신
장기려 선생님!
1990년 9월 7일자 〈한겨레신문〉
선생님의 글을 읽으면서
마냥 울고 있습니다.

그랬었군요
선생님의 마음속에는
이미 통일이 와 있었군요
북한에 살고 있는 사람
누구도 미워하지 않기에
이미 통일이 와 있었군요.

이소선 어머니

어머니!
눈물로 토해내시는
당신의 인사말을 들으면서
우리 모두 울고 있습니다
무식이 무기인
우리 모두의 어머니
이소선 어머니!
감히 누가 당신 앞에서
유식하다고 떠들어댈 수 있을까요

지난 사월 십팔일
〈연세대 백주년 기념관〉에서도
당신은 아무도 할 수 없는
큰일을 하셨습니다.
'사월혁명 연구소'에서 처음 정한
'사월혁명상' 시상대에서
혼자 받을 수 없는 상이라며……
단 아래 있던

'민주화운동 유가족협의회' 식구들을

모두 불러

함께 받으셨습니다.

어머니와 아들

_ 박현채 선생님 어머니 장지에서

굵은 눈물방울이 뚝!
남동성당 영결미사 때도
발인 때도
참았던 눈물이
어머니의 관 위로 흙이 뿌려지자
뚝 뚝 떨어진다

빨치산이란 말만 들어도
사색이 되시던 어머니
낳은 자식 아홉도 적어
전쟁통에 부모 잃은
조카자식까지 열세 남매를
보듬어 길러 놓으시고
이제야 편히 잠드신 어머니

산송장 치르던 그 혹독한 겨울
토벌군의 총살 소식만 들려오면
허둥지둥 신발도 못 신으시고

혹시나 아들일까 싶어
시체 하나하나를 살펴보고
다시 또
가마니를 들쳐보시던 어머니
……
"어메여!
이 맏자식을
용서해주시요!"

손! 선생님의 손!

_이수호 선생님께

막강한 적을 향해
하늘을 탕탕 두드리며
구호를 외쳐대는 저 손!
“폭력정권 살인정권
노태우 정권 타도하자!”
“조국통일 가로막는
미국놈들 몰아내자!”

막강한 적을 향해
땅을 탕탕 구르며
구호를 외쳐대는 저 손!
“해체 민자당
타도 노태우!”

반백 년 끊어져
피 흘리는 이 땅에서
온 백 년 무릎 꿇고
매만 맞는 이 땅에서

열다섯 해 동안 백묵을 잡고
나랏말을 가르치던
새하얀 선생님의 손이
햇볕에 그을려
적들에 그을려
전사의 손이 되어
시퍼런 하늘을 찌른다.

모스크바에서 온 엽서 한 장

인간의 냄새가 난다는
모스크바 거리에서
내게 인간의 정을 빚지고 산다는
여연 스님께서
애매한 가슴을
한 장의 엽서에 담아 보내왔습니다
섭섭함 거두시라면서……
노동자 승려 교수 사업가의 얘기가
사뭇 다른
그 거리에
서보지 못한 나는
서울에서 기차를 타고
'평양'을 지나
그곳으로 갈 수 있는
그 날을
기다립니다.

모란공원을 지나며

1980년 5월
사람으로 다시 태어나
1990년 11월
〈제3회 전태일 문학상〉
시인이 되어
유가협후원회 부회장일 때는
무릎 통증에 시달리면서도
수없이 다녀간 이곳에
2004년 2월!
'늠름한 바다'
김진균 선생님이 오시고부터는
아픈 다리를 핑계로
절대 오지 않는다
지금 나는 온몸으로
먼저 떠난 이들을
부러워하고 있다.

초혼 2

너!
떠난 지 무려 서른 해
함박눈 내린다
네 마음에 기대고만 있어도
극락이었거늘!
이맘때만 되면 되살아나는 이 노여움.
『소설 동의보감』 작가인 네가
학벌이 좋았어도
그 유명한 출판사의 유명하신
백면서생께서는
이렇게 푸대접을 하셨을까……
인종차별을 다룬 시나리오와
남북을 이어주는 소설 한 편씩은
꼭 남기고 가야 한다며
열변을 토하던 네가
생각날 때마다
나는
온몸이 젖는다.

다산 정약용을 기리며

이백여 년 전
일천여 명의 군중을 이끌고
관아로 쳐들어와
“관장은 물러가라!” 외쳤던
주동자 이계삼이 자수하자
상을 받아야 할 사람이지
처벌받을 사람이 아니라며
무죄석방을 선고한
다산 정약용!
‘수원화성’ 나들이를 하며
‘팔달문’
‘장안문’ 앞에서
당신을 생각합니다.

일지암에 군불을 지피며

순간에
곤두박질하는
홍시 같은 석양을
고로쇠나무
우듬지에 걸어놓고
아궁이 앞에 앉아
불에게서 배운다
우물결에서
숭늉 찾지 말고
불쏘시개
우습게 보지 말라고.

두륜봉 북미륵암에서

이끼 낀 바위를
땀으로 기어오르니
바다 같은 부처가
묻더이다
세속의 때는 다
씻어버리고 왔느냐

부처이시여!
'만일암' 터
'천년수' 앞에 서니
이녁
개미만도 못하더이다.

태백 정암사에서

증축한답시고
‘적멸보궁’이 비록
‘환멸보궁’으로
눈살을 찌푸리게 하지만
물소리는
여전히 우렁차고
오래전
열목어가 뛰놀던 계곡이
고색창연한 모습으로
나를 반겨주었습니다.

2부

노래로 내게 온 너에게

살가움으로
소쩍소쩍
하늘에 닿도록
울어보셨는지요?
설렘으로
소쩍소쩍
밤이 새도록
뒤척여 보셨다구요?
흠모하는 이에게
목숨 줄 놓으시라고
소쩍소쩍
통곡해 보셨는지요?
애인의 부고 기다리며
곡비哭婢 찾아
꽃잎이 다 지도록
소쩍소쩍 헤매어 보셨는지요?

노래로 내게 온 너에게 2

비우기 위해
버리기 위해
떠나는 여행길에서
어쩌면
우리는
또 새로운 사람 만나
전설 같은 추억 만드는
우연도 있지요

저승이 내 뿌리이고
이승이 내 꽃잎인지
저승에서도 나를
기다리는 사람 있습니다
사랑 찾아 헤매는 여자는
나이 먹지 않은 줄도 모르고
……

노래로 내게 온 너에게 3

발 빠른 계절
발소리도 없이
내 앞을 지나
눈꽃 화엄 속에 태어난
푼수 닮은 산문집이
애를 말리더니……
목련 흐드러진 어느 날
눈 맑은 네가 달려왔다
“여행은 길고
인생은 짧고……
사랑은 길고
이별은 짧고……”
종일토록 따라 부르니
음반도 기지개를 켜네.

노래로 내게 온 너에게 4

남춘천 '강원대' 연지
오리 한 마리
짝꿍 황천길 떠나도
추운 겨울 씩씩하게 잘 살았다
인사합니다.
봄이 오다 만 산봉우리들
소복 입었지만
소나무 우듬지에서
고드름 떨어집니다.

새싹 피하며
폭신폭신 솔 숲길
마냥 걷고 싶지만……
숨어 있는 새싹들 미안해
명경지수의 마음으로
당신의 노래 '여행'
부르고 또 부릅니다.

우리 만남이

우연이었던가요

필연이었던가요

길 끝에 꽃들 환히 피어

우릴 반기는 날

운명적 만남이

인연으로 시작되겠지요.

노래로 내게 온 너에게 5

그대 계신 남녘 숲에서
소쩍새 울기 시작했다구요?
먼저 인사했군요
잘 다녀오라고……
북녘 숲에서도
휘파람새 울고
숲새 한 쌍
진달래 마당에서 재잘재잘
온 누리가 연둣빛으로 출렁이지만
이녁의 봄은
유난히 변덕스럽습니다.

노래로 내게 온 너에게 6

물밖에 준 게 없는데
당신 노래밖에
들려준 게 없는데
난초 한 송이
단아한 자태로
종일 설레게 합니다
새하얀 꽃잎
다섯 장 속에
보랏빛 속잎 한 장이
씨방 꼬옥 안고 피었습니다
합장했습니다!

노래로 내게 온 너에게 7

잔에 남은 즐거움
남김없이 마시고
봄을 보내지 않은 채
내 마음
네게로 불고 있다.

노래로 내게 온 너에게 8

천천히 오는 설렘으로
덕수궁 석조전 앞뜰에서
향기로 참꽃 앞서는
철쭉 한 송이 품어 안고
내일 올 기쁨
저녁 하늘에 묻고 있다.
"잘 도착했습다
순천 참 좋은 곳입니다
잘 살고 계시죠?"
문자 와 있는 줄도 모르고
……

노래로 내게 온 너에게 9

네가 왔다
방황하고 있는 내게
그것도 한 시간이나 빨리
오붓한 점심
알토란 같은 얘기로
마냥 행복했는데……
비 내리는 저녁
다시 또
너를 만나다니!

기대는 빗나가고 늘
우연만 적중되는
내 인생 역에 약속도 없이
도착한 너!
비에 젖어
몸 전체가 초록이다.

곡비

동해였다
애인의 부고
기다리며 사는 여자
황량한 겨울 들판 걸어와
바다 향해 서 있다
나
곡비 찾아 예까지 온 거다
산더미 같은 파도가
으르렁대며
황토빛 눈물로
통곡해주고 있다.

얼음강이 부르기에

남한강이 나를 불렀다
돌무더기마다 옹기종기 기대어
칼바람 추위 이겨내는
청둥오리 떼가 나를 불렀다
살아 있는 모든 것들 다
온 곳으로 되돌아가는데
왜 밤마다
검은 눈물 흘리느냐고
……
어둘 녘 오기 전
'검단산' 그리메에 젖어
들꽃 겨울잠 자는
그 둔덕 잔설로
검은 불꽃덩어리
새하얗게 태우려 했는데
얼음장 밑으로
봄이 오는 소리 들으려 했는데

우리가 방문한 화실은
완강하게 문이 닫혀 있다
길 위에서 길을 잃은 우리
다시 달린다.

그리움으로도 빛나는 꽃이

하얀 겨울
핏빛 그리움으로
울타리 가득 피어
작은 텃새들과 봄을 기다리는
산수유 열매처럼,
북풍한설에도 매어달려
새들에게 보시하는 까치밥처럼,
나도
그에게
그런 사람이 되어야 하건만
감각의 촉수 모두
그를 향해 꽂아놓고
차라리
사랑의 칼날에
아름답게 베어지고 싶어하는
이 억지!

겨울강은 흐르고

은빛 꽃송이 하늘하늘
나무에 기대어 춤추면
동백꽃 열병 도진 나는
그 해 겨울
양수리를 향해 달린다
야멸찬 그를 떠나보내며
흘렸던 눈물이
지금도 서리 기둥 되어
정수리에 꽂혀 있지만
저녁 무렵
우수를 담은
그의 두 눈이
나를 손짓한다!

사람이 무섭다는 너에게

뱃속
묵은 슬픔 녹아내리려면
마음
얼마큼
비워야 할까

너와 헤어져 돌아오는
두물머리 밤하늘에
별이 총총하다
사랑하는 사람
곁에 있어
이녁 하늘의 별은
저토록 푸르른데!

목련

곡비 찾아 헤매다
설원에서 만난
네 시들이
불현듯
숨은 꽃으로
명치 끝에
터를 잡더니
……
이 밤
눈부신 목련 꽃숭어리들에서
단 한 번도 보지 못한
네 순결한 영혼 만나
직립할 수 없는 숙명 속에서
좌충우돌하던 내 영혼조차
눈부시다!

봄비 내리는 저녁에

네 눈 속에
늘 내가 있기를 바라며
네 웃음 속에
내가 있기를 바라며
함께 꽃 피고 새 우는 그 곳으로
떠나고픈 날에는
꿈마다 너를 얼싸안는다.
목련
한 송이
우듬지에 홀로 남아
봄비에 젖고 있다.

빛나는 꽃일 때

생살을 태우면서도
희망 있어
빛나는 꽃일 때
당신 앞에서
호호 헤헤거리며
꼭두각시 노릇 많이 했지요
나날이 살이 깎이고
몰핀이 시작되자
전화로만 만났지요, 우리는.

당신 앞에 서면
나는 언제나
돌아온 탕아였는데…….

녹슬지 않는 사람

다시 만난 그의 입술에선
풀꽃 향기 그윽해
잊혀진 노래가 되살아나고
어렵게 비운 가슴속으로
사랑의 샛강 흐르네.

다시 만난 그의 몸에선
댓잎 향기 그윽해
태째로 살려는 어리석음에
여울목이 되어주고
살기 심드렁할 때마다
무너져내리는 가슴속에
쐐기를 박아주네.

고추잠자리 마른 풀잎에 내려와
서로의 사랑 확인하듯
그의 옷깃에 매어달려
새벽별처럼 빛나고 싶건만

얼마나 수많은 엄살의 강을 건너야
내 시가
당신의 시가 될 수 있으려나!

시처럼 내게 온 너에게

네가 등 뒤로
외로움
낙엽처럼 뿌리고 간
그 밤부터
싸아한 안개가
너 떠날 때마다
내 온몸을 핥는다.
열정이 넘쳐도 머물
물빛 푸른 방 없어
방황하는 내 시들은
아차산 자락을 맴돌고
……

잠자리

샤갈의 그림처럼
사랑을 나누면서 날아다니는
그대들을 만날 때마다
나도
사랑에 젖는다.

3부

미워할 수 없는 너에게

겨우내 묵은 슬픔
하얀나비 등에 업혀 보내고도 모자라
사람보다 제비가 더 많이 사는
'대진포구'로 달려가는 길목에서
너를 만났다
외등마다 꽃이 피고
눈썹달이 아름다운 이 밤
목련처럼 살다
동백처럼 지고픈 이녁
작아지고 또 작아지는 것이
섬김임을
네 맑은 눈망울에서 배운다.

미워할 수 없는 너에게 2

연둣빛 앞산조차
수런거리는 아침이다
허기진 낙화로 떨어지기 전에도
반드시 화려한 꽃잎으로
타올라야 하는 것이 삶이거늘
유구무언이다.

2014년 4월 16일
어떻게
벌건 대낮에 이런 일이
……
네게로 향하던 내 마음도
멈춰버렸다.

초겨울 저녁 동해안에서

허허바다와
억만 년 함께 살며
허허롭지는 않느냐?
싫증나지는 않느냐?
동해안 파도에게 묻자
……

알몸으로 매어달려
겨우내 새들의 먹이가 되어주는
까치밥에게서 인내와 사랑을 배우라며
으스러지게 안아줍니다
바로 늠름한 바다!
당신이었습니다.

다시 동해에서

곡비 찾아
헤메던 동해에
오늘은
내가 위로 받으려고 왔습니다.
2014년 4월 16일 이후
세 번의 봄을 보내고
세 번째 큰 수술을 하고
……
불현듯 내게 허락된 봄이
그리 많지 않음에 찾아온 망망대해
'폐장'
'수영금지'
갈매기들도
다소곳이 쉬고 있습니다.

사랑하는 이에게

당신 그렇게 천둥 치듯 내게 오고
강산 두 번이나 변했건만……
이 새벽
어슴푸레 들려오는 천둥소리에도
설렙니다.
발걸음소리만 들려도
사랑의 샘이 솟던
그 날처럼
택시에서 내리는 나를 향해
정감어린 목소리로 반겨주면서도……
연구실 문 앞에 놓여 있는 나쁜 신문은
구둣발로 짓이겨버리는
불의에 대한 그 노여움
사랑하는 당신 있어
세상 떠나는 날까지
고독하지 않습니다.

세 개의 강을 건너

내 자유만큼
네 자유 소중하기에
세 개의 강을 건너
홀로 돌아가지만
애틋한 마음
숨길 수 없다
함께 본
흐벅지게 황홀한
복사꽃 송이송이
소양강에서 탱고를 추고
북한강 불빛 속에서는
기품 있는 버들벚꽃이 위로한다
어느 시인은
가을 하늘에 해금이 있다지만
나는 이 밤
남한강에서
해금 소리를 들으며
고독한 행복에 젖는다.

시를 부르네

오랜만에 그의 판화
백련 한 송이가
시를 부르네
사랑하는 사람 곁에 있어
두물머리 이녁의 밤하늘이
그토록 아름다운 거라고.

불나비

2003년 1월 22일
〈서울대 동창회관 강당〉
진보학계의 스승
'서울대 사회학과'
김진균 교수님
정년퇴임 논문 증정식장에서
우렁차게 울려 퍼지던
'불나비'를 듣고 있다.

두 시간에 한 번씩
마을버스가 오고
막차가 밤 9시에 끊어지는
용인 시골에 살면서
흘러간 운동가요를 듣다니……
붉은 글씨로 쓰여 있는
'유치권 행사중'

임금 제때에 못 받아
피울음 삼키는 노동자들이
현수막 속에서
주먹을 불끈 쥐고 있다.

만남 1

두 시간에 한 번씩
마음버스가 오는
'에버랜드' 옆
용인시 포곡읍 삼계리 마을에
둥지를 튼 지 벌써 다섯 해
오늘 처음
검은머리오목눈이를 만났습니다
〈서울대 관악캠퍼스〉
'우리 선생님'
만나러 가는 날이면
사회학과 연구실 앞 꽃밭에서
재잘재잘 반겨주던
바로 그 검은머리오목눈이들입니다.

만남 2

이천십팔년 이월이 마지막 가는 날
'정다산'을 만나고자
'수원화성 나들이'를 왔습니다
'화서문'을 바라보며
듣는 빗소리는
팔십칠년 삼월 삼일!
종철이 사십구제날
'아크로폴리스'에서
당신과 함께 들었던
그 날의 빗소리 같습니다
몹시도 추웠던 그 날처럼
오늘도 많이 춥습니다
당신이 떠나신
이천사년 이월 사일도
많이 추웠지요.

꽃과 주먹

한국 최고 좌완투수
양현종의 주먹이 부르르 떨고 있다
지금 대한민국에서 저토록
자신의 잘못을 뉘우칠 줄 아는 자가
몇이나 될까
〈2016년 7월 24일 일요일 저녁
NC와 기아전〉
그는
무대 뒤에서
조화를 만들어
동료에게 바치던
아름다운 남자였는데……
1960년대 〈서울운동장〉에서
고교야구를 보며 열광하던
반세기 세월 만에……

2014년 4월 16일 이후
시를 쓸 수 없었던 내게
야구경기가 시를 선물해준
역사적인 날이다.

아름다운 이에게

첫 새벽
정갈한 시
바쳐야 할 사람이지요
득이 안 되는 선배 챙기는 후배
흔치 않은 삭막한 이 시대
지천명에도 아기다람쥐 눈망울처럼
동안인 그 친구가
나를 또 가르치네요.

“먼 산이 아름답다는 편견
버리세요!”

과천의 늦가을

당신이 마지막 만난
과천의 늦가을 저녁입니다.
핏빛 그리움으로 바라보는 연구실
설레는 창가의 불빛 여전하지만
……
사랑으로 날 보고 계신지요?
봄에는
자식 같은 책들을 출가시키고
가을에는 그림들을 떠나보내고
빈 들판을 헤매다가
따스한 가슴에
얼굴 파묻고자 왔습니다
당신이 누워 계신 그곳은
너무 쓸쓸해
이곳에 왔습니다.

고드름

오늘도 고드름을 바라보며
아침 운동을 한다
각시방 영창에 달아놓을 만큼
옹기종기 어여쁜 고드름은, 나를
바람개비 날리며
팔랑팔랑 잘도 뛰어다니던
내 어릴 적 고향인 삼청동으로
……

“기사 대령했습니다!”

꽃샘 눈이 내리는 오후
현관문 앞에서 들뜬 목소리로
“기사 대령했습니다!”
켜켜이 추억이 서려 있는
〈강남구 대치동 청실아파트〉
당신 생일인 12월 2일 지나
이사를 합니다
아까시나무가 없어
‘행자동산’이란 애칭으로
불러주던 옆 동산과도 이별입니다
재건축이란 결국은
스무 해나 잘 살고 있는 사람을
내쫓는 거나 마찬가지입니다.

어르신의 하늘길

온 누리가
꽃비 목욕하고
연둣빛으로 낭창대는
봄날 오후
오순도순 늘 함께 다니시던
사랑하는 아내를 홀로 두고
어르신이 떠나셨습니다

마을버스에서 만날 때마다
다리 불편한 내게
따스한 마음으로
자리를 양보해주시던
그 어르신께서 느닷없이
하늘길로 떠나셨습니다

여름내 드실
상추 모종 샀노라
자랑을 하시고

언제나
부지런한 어르신이
길에서 넘어졌다며
“지 몸도
못 가누는 걸 봉께
이제 갈 날이
얼마 안 남았나벼!”

아무리 저승이
대문 밖이라지만
워낙 건강한 분이었기에
엊그제 들은 말이
그 어르신
마지막 말씀일 줄이야
……

배려

운동을 할 때마다
주인 잘못 만나
칠십 평생 고생만 하는
내 오른쪽 다리의 배려심이
나보다 낫다는 생각이 든다
지 잘못도 아닌데
육십여 년 동안 자기처럼 자라지 못한
왼쪽 다리를 배려해서
스스로 무릎을 굽혀 키를 맞춰준다
세 해 전 여행길에서
오른쪽 복숭아뼈 둘 다
부러졌을 때만 해도
나는
사는 날까지 함께 버텨주지 않고
두 달씩이나 대문 밖도
못 나가게 만든 게 섭섭했었는데……

노망나자 철든다더니
희수가 되는 오늘
설날 아침에야
철이 드는 모양이다.

내 오른쪽 다리

기울어진 하늘만 보고 살면서도
육십여 년 희희낙락 잘도 버텨주던
내 오른쪽 다리가
2015년 시월의 마지막 날 저녁
내 앞에 무릎을 꿇었습니다
고만 살고 싶을 만큼
혹독한 시간 속에서도
잘도 견디어주던
내 오른쪽 다리가.

나들이철
여행길에서도
만나기 어렵다는 고라니를
버스 정류장에서도 만날 수 있는
용인시 처인구 포곡읍 삼계리
시골 빌라

그래도

이층에 살고 있어

퇴원하는 날

기어 올라올 수 있었습니다.

병신 육갑한다

"병신 육갑한다"
십 대부터
칠십이 넘은 오늘까지
이 말만 들리면
숨이 턱 멎는 것 같아
육십 대까지
그 흔한
선글라스 한번 끼지 못했지만
내 곁의 사람들조차
조금 변변치 못한 사람을 보면
"병—신!"

4부

화가 강행복을 노래하다

끊임없는 노동의 반복으로
때때로 칼에 찔려
피를 흘리기도 하고
손마디가 저리는 고된 작업 속에서도
판각장이 강행복은 멈추지 않습니다.
노동 삼매경에 빠지지 않으면
한 작품을 완성할 수 없다는
그의 신념이 두껍게 깔린 화면에서는
무성한 연잎 아래 물고기 노닐고
용마루에 날아와 앉은 새는
우리에게 기쁜 소식을 전합니다.
지금쯤은 관록을 내세울 연륜임에도
타인을 배려할 줄 아는
보살 같은 존재입니다.
불심에서 비롯된 그림 세계는
인연과 만남이 영감의 원천이지만……
그는 여기에 머무르지 않고
늘 새로움을 추구하는 판각장이입니다.

사진작가 황헌만을 노래하다

새들이 놀랠까
칠십 평생 무채색 옷만 입고 사는
사진장이 황헌만!
사실 그는 사진작가이기 전에
우리 문화의 얼을 지키는 장인입니다.
임진강 가에 숨어 새들을 살피면서도
두루미가 독수리를 놀려대고
참새가 독수리 꼬리를 잡고
까부는 모습을 놓치지 않으며
고라니가 겅중겅중 뛰어다니며
돌아온 두루미를 반기는 모습도
정겹게 바라봅니다.
비록 철책이 가로막혀
사람은 못 다니지만 마음대로 다니는
물총새와 도요새 등을 바라보면서
그는
그곳에서도 우리 민족이
올곧게 잘 살고 있다는……

사랑과 믿음을 가지고 있는
평화주의자입니다.

화가 이종상을 노래하다

당신처럼 기품 있고 단아한 모습으로
기억되고 싶습니다.
개띠 해를 맞아
〈서울문화투데이〉 독자들에게
선물 해주신
독도에 떠오르는 찬란한 태양과
'수복' '강령' '영화'와 함께
올해에도 더욱더
순간을 영원처럼 잘 살겠습니다.
선풍도골 같은 분이
〈몽유취원도〉 같은 자화상을 그리고
〈손 없는 날〉도
제가 많이 좋아하는 작품입니다.
지극히 미시적인
극세화를 그릴 수 있어야
일필휘지로 장강만리를
그려낼 수 있다는 말씀처럼
저도 그런 시인이 되고 싶습니다.

화가 김병기를 노래하다

제9회 〈서울문화투데이〉
문화대상 시상식장에서
“황홀한 약함은
쓰레기 같은 강함을 이긴다!”
일백이세 현역 화가이신
김병기 화백!
당신만이 토해낼 수 있는
세기의 사자후입니다.

화가 여운을 노래하다

외로워 밤마다 눈 밝혀
자기 닮은 사람 찾아 헤매던
인사동 밤안개
'여운 화백'을 아시는지요?
푼수 시인 나처럼
'80년 광주'를 통과하며
리얼리즘 화가로 다시 태어난 여운!
"모더니즘의 숲을 지나야만
리얼리즘 산맥이 나타난다"고
주장하던 그는 내게도
소띠 해에 '황소'를 그려주었습니다.
"이렇게 빨리 떠날 줄 알았으면
좀 더 열심히 그렸을 텐데……."

화가 김상구를 노래하다

무궁무진한 판화의 세계를 보여주는
화가 김상구는
지천명이 지났어도
끊임없이 새로움을 추구합니다.
이 가을
출구 보이지 않는 어둠 속에서
생살을 태우며 살고 있는 내게
그의 그림
〈백조의 호수〉는
기쁨의 호수 되어 나를 포옹하고
〈사랑의 환희〉는
열정으로 출렁이게 합니다.
관객에 대한 진정한 사랑 없이는
아름다운 미술이 존재할 수 없음을
온몸으로 실천하는 그이는
이 시대, 진정한 선비 화가입니다.

화가 유근택을 노래하다

목판화 〈만남〉에서는
바주 삽는 두 손이
내 명치 끝에 각인되더니……
피곤한 삶을 잠시
흔들리는 지하철 바퀴에 맡겨놓은
군상 하나하나
바로 우리네 지친 모습이다.
대작 〈맹인을 이끄는 맹인〉
그대로 남조선 근대사!
삼라만상 모두
네 붓 끝에 닿으면 역사이듯이
검푸른 동해 앞에 서 있는
아내와 아들의 모습에서도
삶의 소용돌이를 고민하는 그대
가장 높은 정신세계를 동경하면서도
촛불이고자 거름이고자 노력하는 그대,
그대 붓 끝에서
일렁이는 청동 불꽃이여!

조각가 최충웅을 노래하다

마치 전설 속의 선비처럼
퇴락한 절터를 지키는 장승에
혼을 불어넣고
그 절의 역사를 보듬고 있는 탑들을
미치듯이 사랑하는 사람입니다.
그의 손끝에서 전설이 살아 숨쉬고
옛 문화를 되살려내면서도
늘 자신은 '어바리 장승'이라고
얘기하는 겸손한 작가입니다.
나는 〈전설 98-6〉에서
이순에도 동심여선童心如仙인 그 웃음 만나고
〈전설 98-7〉에서
시대의 아픔에 공감하며
팔십 주년 '삼일절' 아침을
촉촉이 젖습니다.

화가 장민섭을 노래하다

"환상 속 색동부처의 화두는?"

환상 속 색동이
선의 화두 되는 그림
처음이지요.
마음의 결마다
섬세의 강 흐르고
그 가지 하나하나에
선의 화두 달아
깊이 쌓은 내공으로 이루어진
정갈한 아름다움!
모란보다는
몇 송이 남지 않은
풍란 어울리고

천둥번개 쳐도 홀로
그림 속에
자신 녹여내지 않고는
탄생시킬 수 없는 그의 작품이
이 새벽
시를 솟구치게 합니다.

화가 박희섭을 노래하다

돈이 미술계를 유령처럼 떠돌고 있는
황금물신 시내에도……
반복에 반복을 거듭하는 땀으로
한지에 아름다운 색 입혀
속살 너무 영롱한 환상적인 자개로
한—뜸 한—뜸
혼신을 다해 영혼까지 치유코자
늘 신인처럼 작업하는 화가입니다.
새벽이슬 머금고 함초롬히 아침 여는
보랏빛 자주달개비꽃 마음으로
그대의 그림 숲을 거닐며
육신이 키우는 통증과
마음이 키우는 미움까지
치유 받았습니다.

작가 후기

백 세까지 소녀일 거라는 이원중 대표가 2017년 11월 5일 생일 모임에서 "내년에는 선생님께 시집을 내드리고 싶습니다." 눈물이 고일 정도로 고마운 얘기였지만…….

주제에 고희 시집을 자그마치 열두 분의 축하글을 모아 꾸며냈기에 또 시집을 낸다는 것은 언감생심이었는지라 그저 고마울 따름이다.

남들은 미국엘 다녀오면 우리나라가 갑갑하다는데…… 나는 2017년 1월 19일! 칠십 평생에 처음 가서 뉴저지에 사는 막내조카네 집에서 일주일을 지내면서…… '브로드웨이 뮤지컬' 『라이온 킹』도 보고, 휘황찬란한 뉴욕 맨해튼의 야경을 바라보며 허드슨 강가 카페에서 분위기를 즐기고…… 거의 반백 년 오라버니가 사시는 버지니아 집에서 두 주일 있으면서…… 만灣이 바로 앞인 대저택(주지사가 다녀간 집이라 한다) 큰조카네 집에서 이틀을 묵고 오니까…… 우리나라에 살고 있는 매 순간순간이 행복하다.

워싱턴국립미술관에서는 입장료도 받지 않고 의자에 쉴 수도 있고 사진도 찍을 수 있었지만…… 아무리 좋아하는 모네, 마네, 피카소, 달리, 르누아르, 모딜리아니 그림도 한두 번이 아닌가…….

천재도 아닌 주제에 졸필에다가 컴퓨터도 사용할 줄 몰라서 '지성사' 식구들에게 더 많이 미안하고.

"고맙습니다!"

이행자